Atsuko Morozumi

Traducido al español por Rita Guibert

Original title: *My Friend Gorilla*
Copyright © 1997 by Atsuko Morozumi
Spanish translation copyright © 1999 by Farrar, Straus and Giroux
All rights reserved
Library of Congress catalog card number: 98-74090
Designed by Douglas Martin
Produced by Mathew Price Ltd
The Old Glove Factory
Bristol Road
Sherborne
Dorset DT9 4HP
Printed in Singapore
First American edition, 1998
Mirasol paperback edition, 1999

2 3 4 5 6 7 8 9 10 11 12

Mi amigo gorila

Mirasol / *libros juveniles*

Farrar, Straus and Giroux

NEW YORK

Cuando cerraron el parque zoológico,
mi papá trajo a casa un gorila.

Era grande.

Pero era amistoso

y muy servicial.

Yo me encariñé con él.

Y él se encariñó conmigo.
Mi papá dijo que se podía quedar
con nosotros por poco tiempo.

Era mi amigo.

Vino a mi fiesta de cumpleaños.

Se quedó durante todo el otoño.

Luego un día vinieron algunas personas.
Dijeron que mi gorila estaba acostumbrado
a vivir en Africa y que se sentiría más contento allí.
Dijeron que volverían otro día para llevarlo
devuelta a su casa.

Estaba nevando el día que se fue mi gorila.

Un día llegó una carta de Africa.

En la carta había una fotografía de mi gorila.
Se lo veía contento, y yo también me sentí contento.

Todavía lo recuerdo.